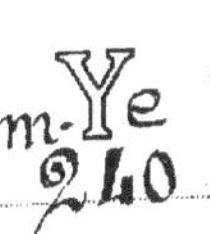

Mon Cœur pleu-
re d'Autre-
fois.

Gregoire le Roy

à mon ami Charles Sainctelette
bien affectueusement le livre,

Grégoire le Roy

Mon cœur pleure

d'Autrefois...

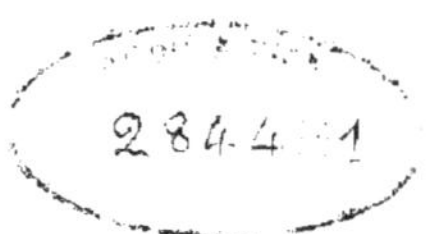

DU MÊME AUTEUR

La Chanson d'un Soir, tiré à 20 exemplaires hors commerce, 1887

Grégoire le Roy

Mon cœur pleure d'Autrefois...

A Paris, chez l'éditeur Léon Vanier

MDCCCLXXXIX

Tiré à 200 exemplaires

Ornés d'un frontispice dessiné par Fernand Khnopff

No 1 sur peau de soie blanche

Nos 2 à 31 — 30 sur Japon impérial

Nos 32 à 200 — 169 sur papier de Hollande Van Gelder

Exemplaire No 122

Au très cher et très admiré maître,

le comte de Villiers de l'Isle-Adam

humblement sont dédiés

ces vers.

G. LE R.

Les Mortes fileront leurs fuseaux de vieil or
Sur l'éternel sanglot d'un rouet pitoyable.

SON AME

Afin d'entendre ſes fallaces,
Et ſes menteuſes eſpérances,
Et les reſſouvenances laſſes
Qui cloſent les vieilles souffrances,

Mais ſans pardonner au malheur
Qui ſana la fleur de ſon cœur,
Quand elle vint s'aſſeoir, en peine,
Auprès du ſoir, comme une ſœur,

Le ſoir, émané de la plaine,
Du lac & de ſa ſolitude,
S'épandit en ſon pauvre cœur,
Comme une peine dans ſa peine.

Et ſon âme, par habitude,
N'eſt plus aujourd'hui qu'une grève
Où toute veuve, dans ſon rêve,
Viendrait pour mirer ſa douleur.

LES FABLES DE L'ÉCRAN

Sur les moires & le velours,
Mystérieusement, les reines
Brodent en fabuleuses laines
Les chimères de leurs amours;

Mais leurs rêves de jeunes filles,
Si loin des mains qui vont au mal,
O Lune! tu les éparpilles
En étoiles vers l'Idéal;

Et leur virginité s'oublie
Parmi les lacs & les étangs,
Et la voilà ! pauvre Ophélie.
Toute en des fleurs de l'autre temps...

Nul ne fera Celui des peines,
Celui du rêve & de l'efpoir
Que les belles ont, quelque foir,
Laiffé mourir près des fontaines.

LOHENGRIN

Au loin des ballades meilleures
Cloſent mes yeux extaſiés,
Et je m'endors vers d'autres heures
Sur des ſeins d'amours oubliés.

Le Cygne de mon rêve entraîne
Mon cœur triſtement ébloui
De n'avoir plus toute ſa peine
Loin du rivage évanoui.

Et dans l'oubli de la nuit noire
Qu'il trouble en ce lac de mes jours,
Le Cygne vogue par la moire
Attiré vers les voix d'amours,

Tandis que la lune hivernale
A mis sa fleur, sa froide fleur
De givre & sa chimère pâle
Sur le bleu vitrail de mon cœur.

CELLES DE LA NUIT

Aux bords opalisés de lune
Et déserts d'adieux éternels,
Nous errons, seules, une à une,
Veuves des lys spirituels ;

Et nos mains, à jamais marries,
Sont oublieuses des fuseaux,
Fleurs nonchalantes et flétries,
Nénuphars exilés des eaux.

L'amour a bleſſé toute envie;
C'eſt pourquoi telles nous voici :
Immarceſſibles à la vie,
Comme mortes déjà d'ici.

Tocſin de cloche, appel nocturne,
L'eſpoir du cœur a tu ſa voix;
Nos laſſes mains ont briſé l'urne
Dans quoi nous buvions autrefois.

Là, ſous des robes nuptiales
Dont nul n'entr'ouvrira l'orgueil,
Voilant le mal qui nous fit pâles,
Nous illuminons notre deuil,

Et contemplons, bien réſignées,
Paſſer ſur l'eau de nos douleurs,
Les barques folles, mais ſignées
Du ſouvenir de nos pâleurs.

COMMÉMORAISON

Tant d'abandon et ſolitaire
Etait ma chambre en ce ſoir-là,
Qu'un peu de ſommeil ſalutaire
En ſouvenance m'exila;

Et les belles effarouchées
Revinrent aux fuſeaux heureux,
Troubler le rêve pouſſiéreux
De leurs ballades deſſéchées.

Leurs lasses mains, candidement
Étaient peureuses que tout signe
Ne fût à mon rêve d'amant
Comme une caresse de cygne;

Et leurs voix étaient spéciales
Du rhythme de tous les mensonges,
Fleurs héraldiques & royales
Aux manteaux d'azur de mes songes.

MUSIQUE D'OMBRE

Un peu de musique incolore,
Afin d'éterniser ce soir,
Et qu'il revive & dure encore
Aux tristes nuits de nonchaloir...

Résonnance lunaire & lasse,
Eclose d'ombre dans le rêve,
Et dont la phrase ne s'achève
Pour qu'à jamais elle s'efface...

Oh! doucement! Loin de mes yeux!
Un peu vers le cœur, mais dans l'âme...
Près de l'amour, loin de la femme...
Que je m'en sente un peu plus vieux!

D'où vient ce baiser d'inconnue
Que ma lèvre n'a pas rendu?
Elle s'en va, la bienvenue!
Elle s'en va! Tout est perdu...

Tout est pourtant bien dans cette heure :
La mélodie éteinte en l'ombre,
Et plus de rhythme & plus de nombre,
Et qu'elle meure... & qu'elle meure...

LES PORTES CLOSES

O vous, chères, que j'ai connues
Et qu'aux jours triſtes je revois,
Vous voici, ce ſoir, revenues,
Car mon cœur pleure d'Autrefois...

Quand, me rappelant vos careſſes,
Je penſe à celles qui viendront,
Mes mains ſont lourdes de pareſſes,
Je ne tends même plus mon front.

Car c'est vous ſeules que j'écoute,
Qui, dans le crépuſcule aimé,
De vos voix où tremble le Doute,
Chantez en un palais fermé.

Moi, j'attends qu'à travers la porte
Cloſe par mon fol abandon,
Votre chanſon de deuil m'apporte
Un peu de rêve & de pardon...

Oui, c'eſt vous ſeules, vous lointaines,
Dont me revienne encor la voix,
O vous toutes qui fûtes miennes
Dans l'inoubliable Autrefois.

Là, vous êtes dans l'ombre, ſeules,
Telles que vous m'apparaiſſez
Déjà ſemblables aux aïeules,
Parlant de très lointains paſſés:

Et j'entends vos voix pareſſeuses,
Si douces que j'en ſouffre un peu,
Comme un chœur de triſtes fileuſes,
Aſſis, un ſoir, autour du feu.

VOIX LOINTAINES

Celui qui n'a pas tout mon cœur
Ne ſaura rien de ma penſée ;
L'âme qui n'eſt pas la ſœur,
La ſœur jumelle de mon âme
N'entendra rien à ma douleur.

Ma vie en deuil, comme une femme
Qui pleure longtemps, s'eſt laſſée,
Et mon âme diſcrète & pâle
N'eſt plus qu'une chapelle cloſe
En un cimetière oublié.

Nul genou fur la blanche dalle
Depuis longtemps ne s'eſt plié,
Et c'eſt, à l'heure où toute choſe
Se tranſpoſe un peu de myſtère,
Dans la chapelle ſolitaire,
Une muſique liturgique,
Si profonde & ſi veſpérale,
Et ſi lointaine de la terre,
Une muſique qui s'exhale
En l'âme cloſe d'un cantique;
Des voix de filles inconnues
Et de ſimples congréganistes;
Des voix on ne ſait d'où venues,
Mais ſi pénétrantes, ſi triſtes!..
Et l'orgue un peu les accompagne...

Et c'eſt le ſoir dans la campagne.

HALLALI !

Hallali ! Hallali ! Je ſuis le cor qui pleure,
Attriſtant l'horizon du ſoir ;
Qui ſe lamente & peine l'heure
D'inconſolable déſeſpoir...

Hallali ! Hallali ! Mon âme ſur la tour
Corne ſolitude & détreſſe ;
Oh ! que me vienne un peu d'amour,
Pour enſevelir ma triſteſſe...

Hallali ! Hallali ! Les blanches châtelaines
Ont quitté le trifte manoir ;
Hallali ! Holà ! vers les plaines
Mon cor pleureur, & vers le foir....

Hallali ! Je fuis feul dans le foir de mes jours ;
Pleurez mon pauvre cor fonore !
Holà ! Quelqu'un des alentours,
Oyez mon cor qui vous implore...

Hallali ! Hallali ! Oyez le cor qui pleure,
Attriftant l'horizon du foir ;
Qui fe lamente & peine l'heure,
Qui peine l'heure vers le foir.

SOLITUDE

O seule, & triste, & d'âme sombre!
Tout s'enténèbre autour de moi,
Et le soir, me hantant d'émoi,
Met à mes yeux la mort de l'ombre.

Et j'ai peur de ma voix, j'ai peur;
Son aile cogne le silence,
Et ma complainte humaine offense
Les coins solitaires du cœur.

Je n'ose plus filer. La laine
S'englue après mes pauvres doigts,
Et c'est l'âme de l'Autrefois
Dont je me narre de la peine.

Dehors, sous la nuit qui s'amasse,
Et sur les grands étangs du soir
Les cygnes s'endorment de noir,
Et leur lueur au loin se glace.

O nuit! Clarté de l'Autrefois!
Tout s'illune de ton mystère;
Que je suis seule sur la terre,
Que je suis seule dans ma voix!

Oh! j'ai peur de la nuit, j'ai peur!
L'immensité porte rancune,
Ouvrez la porte au clair de lune,
Mon Dieu! dans mon si pauvre cœur.

ÉCHOS DE VALSES

Valſes d'antan, valſes muettes!
Rhythmes bercés aux jardins d'Autrefois. .
Cloches d'antan, minces, fluettes,
Fuite d'échos qu'en mon âme je vois...

Choſes d'antan, ſubtiliſées :
Chambre déſerte où ſe fane un parfum...
Choſes d'amour, éterniſées :
Fleur de baiſer qui s'effeuille en chacun.

Voix du passé, voix incertaines,
Comme un écho de refrains bien connus;
Voix qui s'en vont loin, et lointaines.

Bons souvenirs, en allés, revenus...
Rhythmes en rond d'escarpolettes!
Valses d'antan... Pourquoi muettes?

OU S'EN VONT LES CHEMINS

Par le vitrail, du haut de ſon manoir,
La belle enfant, la douce châtelaine,
Voit, là-bas, ſur les routes, dans la plaine,
Un peu d'automne pourpre, un peu de ſoir.

Oh! ces chemins & ces routes lointaines!
Les bien aimés s'en ſont allés par là...
Oh! les chemins! Tout ce qui s'en alla,
Ne nous laiſſant que regrets & que peines...

La douce enfant! Dans son regard profond,
Si lointain de regrets & de pensées,
C'est la douceur des pauvres délaissées
Et leur douleur pour ceux-là qui s'en vont.

Oh! les chemins! Ils s'en vont de notre âme
Et s'enfoncent là-bas, dans le passé...
Comme on est seul! Comme on est délaissé!
La souvenance appelle & nous réclame.

La pauvre enfant! Dans le soir de ses yeux,
Étoile d'ombre, un pleur vient à paraître.
Oh! les chemins! Et c'est, dans tout son être,
Comme un qui part & comme des adieux...

O les chemins! Les routes désolées!
On voit toujours quelqu'un du souvenir,
A l'horizon s'en aller & partir,
Partir au loin des heures envolées.

La pauvre enfant ! Dans ſes yeux il fait noir.
Le ſoir tombé rêve de l'heure morte...
Tous les aimés ont dépaſſé la porte,
Et, dans ſon cœur, il tombe un peu de ſoir.

LA CHEVAUCHÉE

A l'horizon des grises plaines
De mes pensers & de mes peines,
Là-bas, vers ce morne lointain
De lune sur des brumes pâles,
Oh! ce galop triste & sans fin!
Ce galop de blanches cavales!

Et mes princesses nuptiales,
Déjà lointaines, vespérales,

Les belles-au-bois de mon âme,
Ces inoubliables d'amour,
Vers qui mon cœur se plaint & brame
Pour un inutile retour;
Celles de là, mes Walkyries,
Toujours plus pâles & plus pâles,
Chevauchent, au loin des prairies,
Le galop des blanches cavales.

NUIT D'ÉTÉ

Vos longs baiſers de lune, épandus ſur les temps
Comme des mains impériales,
Me font mourir de vous, ô les nuits nuptiales,
En l'Inviſible que j'attends.

Viendra-t-elle avec vous, jeune & pâle des ſonges
Soufferts en vos laſcivetés?
Viendra-t-elle au palais funèbre des mensonges,
Comme l'Ange des vérités?

Qu'elle ſoit votre ſœur pour ſes yeux de penſée.
Et que ſa lèvre au goût de miel,
Entr'ouvre à l'infini de mon attente, ô ciel!
La chambre où, dans mon cœur, la lune s'eſt gliſſée.

SOIR

Dors en mes yeux, ſonge irréel de femme,
Loin de ma chair, loin de mes mains ;
Songe en mes yeux, dors en mon âme.
Viſible en mes ſeuls & triſtes chemins.

Que le ſecret abaiſſe ſa paupière
Sur ton être à la mort pareil,
Et que nul n'entr'ouvre la pierre
Qui ſcelle au jour ton veſpéral réveil.

Ombre des nuits seules & boréales,
Dans ma douleur reviens t'asseoir,
Et que les heures musicales
Larment de lys le grand silence noir.

LES ROUETS

C'était Celle des nuits anciennes & ſecrètes,
Dont les petites mains berçaient ſi bien le cœur;
Dont les durables mains, de leurs chaînes muettes,
Me liaient à jamais à tout ce vieux bonheur;

A ce malheur de la maiſon inoubliable,
De la maiſon fatale, où, bien des ſoirs encor,
Les Mortes fileront leurs fuſeaux de vieil or
Sur l'éternel ſanglot d'un rouet pitoyable.....

Et, dans la chambre de myſtère où je l'oublie,
Parmi les ſouvenirs dédorés d'autres jours,
Morte, oh! morte elle eſt là, mais non enſevelie,
Et je ne puis rouvrir la maiſon des amours.

Las! Hélas! J'y laiſſai cette âme de ma vie,
Et ma force d'aimer... J'y laiſſai tout mon cœur.
Et les pâles rouets y filent, à l'envie,
De la douleur, .. de la douleur.

LES CYGNES

Sur le pâle étang de mon rêve,
Sur ces eaux mourantes, parfois
Siniſtres de l'étrange voix
Surnaturelle qui s'en lève;

Sur l'étang du rêve, tout blancs,
Les Cygnes lents de la légende
S'en viennent, & l'on ſe demande
De quel myſtère ils ſont ſi lents?

Pour quels ſecrets, quelles hiſtoires
De chambres d'or & de manoirs,
Que des ſoirs, de ſabuleux ſoirs
Nous voilent de leurs ailes noires?

Et pourquoi ſi ſière & ſi grande,
L'attitude de ces oiſeaux?
Si ſuperſtitieux, ces eaux
Et ces Cygnes de la légende?

Voyez! oh! voyez, des colombes
Volètent autour de leur front:
Pourquoi penſer qu'ils s'en iront
Vers l'autre monde et vers les tombes?

MISÈRE

Depuis que le palais de mes songes
Et de mes amours, fut dévasté
Par le peuple jaloux des mensonges,
Je traîne ma pâle royauté.

Je suis l'étrange indigent de rêves,
Ce mendiant d'anciens parfums,
L'exilé des faméliques grèves,
Qui prie aux routes des temps défunts.

Et vous, paſſantes en ma miſère,
Si mon amour vous implore, il ment,
Car mes mains pauvres ſont en prière
D'un peu de ſouvenir ſeulement.

CRÉPUSCULE D'AMOUR

Oh! que de crépuſcule en moi-même!
Quelle douce pénombre équivoque!
C'eſt le meilleur des temps où l'on aime,
Le meilleur de l'amour qui s'évoque.

Comme en une eau terne & veſpérale,
Dans le miroir de mes ſouvenances,
Elle toute, un fantôme très pâle,
Apparaît à travers mes ſouffrances.

4

Certe, elle eſt douce ma ſolitude!
Et douce auſſi la paix de mon âme!
Mais je ſuis triſte de l'habitude
De l'avoir aimée, elle, la femme!

Après les adieux & la rancune,
L'amour ne t'a pas fermé ſa porte,
Et me voilà! je t'aime comme une
Qui ſerait lointaine et comme morte.

Oh! oui qu'il pleuve encore, qu'il pleuve
En moi, le regret des bonnes heures,
Et qu'encore mon âme s'émeuve
Des triſteſſes pour toi, les meilleures.

Encore un peu de ce crépuſcule,
De cette pluie & de cet automne,
De cette rancœur qui me recule,
Vers ma vie abolie et ſi bonne!

ÉCARTE DE MON CŒUR

Écarte de mon cœur tes chères mains maudites,
Et tes cheveux de mal qui m'oppressent encor
D'amour qui se regrette... Au loin j'entends le cor
Qui chante au fond des temps les caresses proscrites...

Tu ne cueilliras plus du moins ces lys de nuit,
Lys ténébreux & blancs, fleurs de mort & de lune,
Dont mon âme hivernale, en givre de rancune,
A gelé ta fenêtre idéale qui fuit.

Vois cette floraison chimérique, inutile,
De mon rêve exilé du Temps à tout jamais;
Songe au pauvre qui pleure au pied de ton palais,
Oh! & file en regrets le Souvenir stérile...

AIR DE GUITARE

Je chante un amour de ballade,
Sans rancœur & ſans trahiſon,
Un amour de vieille chanſon,
Dont mon pauvre cœur eſt malade,
Bien malade...

Il eſt dans les refrains anciens
Rempli de leurs plaintes fatales,
Dans les chanſons ſentimentales,
Et les vieux airs que l'on fait ſiens;
Je m'en ſouviens.

Il eſt dans toutes les triſteſſes
De viole & d'accordéons,
Et le meilleur que nous ayons,
Sont ſes rêves & ſes faibleſſes,
Et nos faibleſſes ;

Amour des aimés radieux
Qui vont, les ſoirs de clair de lune,
Avant le temps de la rancune,
Avant l'époque des adieux,
Triſtes adieux !

Amour de tous ceux de la terre,
Qui s'aimèrent aux temps paſſés,
Amour des pauvres trépaſſés,
Celui d'hier & de naguère,
Et de naguère...

Amour au fond de nos amours ;
Un peu plaintif, un peu malade,
Un peu mesquin, même un peu fade,
Qu'on a dans soi depuis toujours,
Et pour toujours...

Amour, vieil amour de ballade,
Qui n'a jamais été, jamais !
Amour de vieille chanson, mais
Dont mon pauvre cœur est malade,
Bien malade...

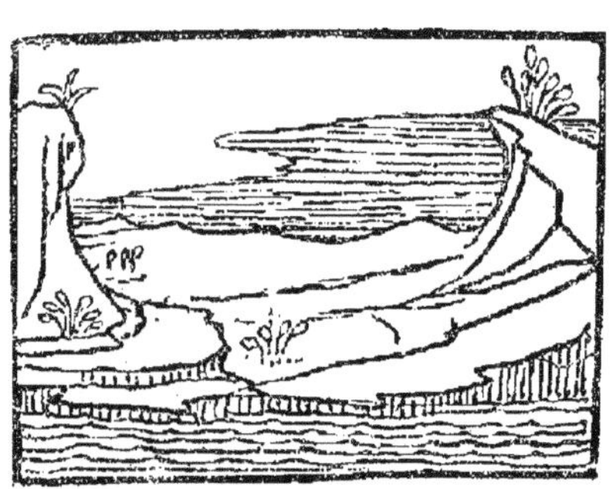

MAISON D'AMOUR

C'eſt dans la ville d'eſpérance,
Endormie au fond des remords,
Comme au fond d'un jardin d'automne,
C'eſt dans l'oubli de la ſouffrance
Et du paſſé qui me pardonne
Comme on eſt pardonné des morts;
A l'ombre d'un peu de myſtère,
Et plus ſeule & plus ſolitaire
Parmi ſa grille à jamais cloſe
Pour ceux qui viennent de la terre,
C'est la maiſon de toute choſe,
La myſtique maiſon d'amour ;
Et parfois, quand ſe meurt le jour,

De ſes fenêtres demi-cloſes.
Des romances douces & graves
Et ſi céleſtement ſuaves
Qu'on a peur de tant de langueur,
Tombent parmi ces pâles roſes
Sur des ſouffrances inécloſes...
Et l'on sait que c'est le bonheur
De deux mains à jamais fidèles
Aux promeſſes inoubliées;
Deux âmes à jamais liées
Pour des careſſes éternelles.

LES ANGELUS

Cloches chrétiennes pour les matines,
Sonnant au cœur d'eſpérer encore!
Angelus angéliſés d'aurore,
Las! où ſont vos prières câlines?

Vous étiez de ſi douces folies!
Et chanterelles d'amour prochaine!
Aujourd'hui ſouveraine eſt ma peine,
Et toutes matines abolies.

Je ne vis plus que d'ombre & de ſoir ;
Les las Angelus pleurent la mort,
Et là, dans mon cœur réſigné, dort
La seule veuve de tout eſpoir.

VISION

Dans la misère de mon cœur,
Dans ma solitude & ma peine,
Dans l'immémoriale plaine
De mon passé tout en douceur,
Sous un peu de lune d'amour,
Par une pâle fin de jour,
Trois blanches filles taciturnes,
Plus ténébreuses, plus nocturnes
Que la polaire & vaine plaine,

Trois blanches filles ont passé
Sous un peu de lune d'amour...

Et c'est cela tout mon passé.

LE PASSÉ QUI FILE

La vieille file & son rouet
Parle de vieilles, vieilles choses;
La vieille a les paupières closes
Et croit bercer un vieux jouet.

Le chanvre est blond, la vieille est blanche;
La vieille file lentement;
Et pour mieux l'écouter, se penche
Sur le rouet bavard qui ment.

Sa vieille main tourne la roue,
L'autre file le chanvre blond;
La vieille tourne, tourne en rond,
Se croit petite & qu'elle joue...

Le chanvre qu'elle file est blond;
Elle le voit & se voit blonde;
La vieille tourne, tourne en rond,
Et la vieille danse la ronde.

Le rouet tourne doucement
Et le chanvre file de même;
Elle écoute un ancien amant
Murmurer doucement qu'il l'aime...

Le rouet tourne un dernier tour;
Les mains s'arrêtent désolées;
Car les souvenances d'amour,
Avec le chanvre, étaient filées...

RONDE DE VIEILLES

Petites vieilles, mes penſées,
Il neige, il tombe du lointain,
Un peu de mort & d'incertain
Sur toutes les choſes paſſées.

En moi, pourquoi cette froidure ?
Et ce calme & ces longs hivers ?
Et ces lugubres ciels couverts ?
Et cet hiver qui dure & dure ?

Petites vieilles inutiles,
Faites du feu de vos paſſés,
Et de tous ces roſeaux caſſés,
Et de tous ces rêves ſtériles.

Les ſouvenirs de toutes ſortes,
Brûlez-les comme du ſarment,
Et chauffez-vous très longuement
Au petit feu des branches mortes.

Parlez-vous bien, dans vos ſouffrances,
De ces bons jours de l'Autrefois,
Et videz encor de vos doigts
Les fuſeaux bleus des ſouvenances.

Et quand la nuit, la nuit pleureuſe,
Dans la chaumière ſe fera,
L'une de vous rallumera,
Comme une lampe un peu fumeuſe,

Oh ! pourquoi faut-il que je pleure
De n'en avoir oublié rien ?
La souvenance, la meilleure,
De Celle que vous savez bien...

LES MAINS

Sur les fenêtres de mon cœur
Deux pâles mains se sont collées,
Mains de douleur & de malheur,
Mains de la mort, mains effilées.

C'était sinistre de les voir
Si nocturnement illunées.
Levant vers moi leur désespoir,
Telles que des mains de damnées.

Et Celle de ces mains de deuil,
Qui donc pouvait-elle bien être,
Pour que la mort fût ſur mon ſeuil,
Depuis ce ſoir de la fenêtre ?

Non, ces mains ne pouvaient bénir ;
Maudites, certes, étaient-elles ;
Puiſque j'ai déſiré mourir
D'avoir vu leurs pâleurs mortelles ;

Puiſque le vin de mes amours,
Amertumeux & plein de larmes,
Endolorit le pain des jours,
Depuis leur ſigne aux fatals charmes.

Mains ſiniſtres ! mains de poiſon !
Geſte de ténébreuſes vierges !
Vous avez lui dans ma maiſon,
Comme deux mortuaires cierges.

Ma douleur regarde la mort,
Car l'efpoir a fermé sa porte...
Et, triftement, le vent du Nord
Souffle fur ma chandelle morte.

TABLE

Im-
primé à
Bruxelles par
la Veuve Monnom,
sous la direction d'Edouard
De Winter, typographe, pour Léon
Vanier, éditeur. Et fut achevé
le quinze avril de l'an
mil huit cent qua-
tre-vingt-
neuf

www.ingramcontent.com/pod-product-compliance
Lightning Source LLC
LaVergne TN
LVHW050424160826
845677LV00002BA/520
9782329729008